Moi Pépito chat heureux

ISBN : 979-1-0363-1725-5
Dépôt légal : octobre 2021
Loi n° 49-956 du 16 juillet 1949
sur les publications destinées à la jeunesse.

Moi Pépito chat heureux

Ingrid Thobois
Karensac et Julien Lelièvre

bayard jeunesse

Pour Nathan, comme promis.

-1-

Moi, ce que je préfère à la télé, ce sont les documentaires animaliers. J'en regarde au minimum deux par jour : l'un juste après ma sieste du matin ; l'autre juste après ma sieste de l'après-midi. Kenya, pôle Nord, pôle Sud, Tanzanie, Australie, Canada, Russie, Colombie… Sans lever l'arrière-train du canapé, le monde m'appartient.

Pas besoin de remuer la plus petite griffe pour sentir le frisson du dépaysement et le vent dans mes poils.

J'ADORE !

Bien entendu, j'attends pour allumer la box et me jeter sur le divan que tout le monde soit parti : Colin et Coline au bureau, Pénélope à la crèche. Dès que j'entends la porte claquer et la voiture démarrer, je descends au sous-sol bidouiller la chaudière. D'un coup de patte, je monte le chauffage à 35 degrés ; on n'est quand même pas là pour se geler les coussinets.

Alors, commence une journée parfaite : calme et tropicale. Et pour peu que Joséphine passe me voir, c'est le nirvana jusqu'à ce que la petite famille rentre, aux alentours de **18 heures.**

Au début, Colin et Coline étaient insupportables avec le bébé. Enfin, avec moi plutôt. Peur que je le griffe, peur que je le morde, peur que je l'étouffe en sautant dans son berceau. Comme si j'étais une brute. Mes maîtres me prenaient à tel point pour un chat crétin qu'ils me croyaient incapable de distinguer le pied du bébé d'une souris. Leur paranoïa est allée si loin que l'idée de m'abandonner les a plus d'une fois effleurés. Oh, jamais ils ne l'avoueront ! Mais je peux vous dire que le mois où Pénélope est née, j'ai été plus que délaissé. C'est à peine si on s'est souvenu de me donner à boire et à manger, et quelques caresses sans amour, en passant, d'un geste automatique. Écœuré par tant d'ingratitude, la peau sur les os et perdant mes poils par paquet, je suis souvent allé me morfondre au grenier, l'endroit le plus insalubre de la maison où je ne souhaiterais même pas au pire des chiens de passer une nuit. Un grenier ?

Un bouge, oui ! Humide, sombre et poussiéreux, le toit comme une passoire, si bien que je vous laisse imaginer l'état du plancher : « pourri » est un mot encore trop gentil. Colin promet de le changer à chaque fois qu'il pleut, mais le retour du beau temps efface sa mémoire, si bien qu'à force, le sol ressemble à une grosse éponge, et je vais vous dire : heureusement que je suis léger comme une plume parce qu'il n'en faudrait pas beaucoup pour passer à travers !

Toujours est-il qu'avec le temps, Colin et Coline ont bien été obligés de se rendre à l'évidence : je sais y faire, moi, avec les enfants ! Quand on est l'aîné d'une portée de huit chatons, pouponner est une seconde nature. Colin et Coline ont donc vite compris qu'en matière d'éducation, ils ne pouvaient pas se passer de moi. Juste un exemple : les pleurs nocturnes de Pénélope. Grâce à mon ouïe de félin, pas besoin d'attendre que la petite braille à la mort, je l'entends tout de suite, et bien avant ses parents. Dans le couloir, je double Coline qui avance telle une somnambule, tellement ensommeillée qu'elle n'a même pas le réflexe de m'empêcher de sauter dans le berceau de sa fille. Là, je me roule en boule aux pieds minuscules du bébé, et c'est parti pour le ronronnement du siècle. En deux secondes, Pénélope roupille.

Coline, émerveillée par le miracle, retourne se coucher tel un ZOMBIE sans m'adresser un seul merci. Moi, je reste quelques minutes avec la petite pour vérifier qu'elle ne bluffe pas. Il m'arrive parfois de m'assoupir avec elle, mais pas longtemps, car je me méfie : si Coline trouve au matin un seul de mes poils sur la turbulette de la petite, elle est capable de m'envoyer à la **S.P.A.** Sans rancune et le succès modeste, je redescends au salon plongé dans l'obscurité.

À MOI LA TÉLÉ !

-2-

J'ai bien mérité mon troisième documentaire animalier, ainsi qu'une petite récompense : détour par la cuisine, j'ouvre le placard aux trésors, j'attrape un paquet de chips et repars au salon où je m'installe tel un pacha sur le canapé. J'ajuste le casque Bluetooth sur mes oreilles : surtout ne pas réveiller la maisonnée. Dans le noir, l'écran éclaire tout le salon, si bien que la nature prend une dimension encore plus impressionnante, un peu comme si elle débordait de la télé. Ça me ferait presque frissonner. Je m'enroule dans le plaid tout doux qui traîne sur l'accoudoir et qui sent bon le parfum de Coline. Télécommande sous la patte droite, la gauche plongée dans le paquet de tacos au paprika, le monde sauvage défilant sous mes yeux, voilà ma définition du bonheur.

Le fond des océans, c'est beau. Les mystères de la forêt aussi. Mais j'ai quand même une grosse préférence pour la savane – on ne peut pas renier ses origines. Immenses plaines jaunes à perte de vue, soleil de plomb, le crépitement des herbes sèches sous les pattes : c'est comme si j'y étais. Et puis, les documentaires animaliers, ça me fait rire ! Quand je les vois tous, là, pumas, panthères, guépards, jaguars, lynx, tigres, lions, passer leurs journées à suer pour attraper… quoi ? Une gazelle toute maigre ? Un vautour centenaire au plumage râpé ? Une autruche malade ? Sachant que, dans

les documentaires, on ne nous montre en général que ceux qui ont le mieux réussi. Pas un mot des autres dont les mâchoires se referment sur du vent, ou sur une pauvre broussaille. Autant dire : très peu pour moi !
À ce tarif-là, mieux vaut être un petit félin qu'un grand félin. La nature, les grands espaces, la liberté, tout ça, c'est du BLABLA. Je ne connais pas un seul tigre qui ne rêve pas de manger des chips en regardant la télé. Vous allez me dire que je n'en connais pas personnellement. C'est vrai, mais Joséphine, oui. **MA** Joséphine. Elle a pas mal de copains au

zoo de Vincennes, qu'elle a rencontrés à l'époque où elle habitait ce quartier. C'est elle qui m'a raconté que, de la panthère au jaguar, tous, sans exception, rêvent d'être des animaux domestiques.

Vous croyez que j'exagère ? Que j'essaie de me donner bonne conscience ? Allons, réfléchissez deux secondes : il n'y a que les snobs pour ne pas reconnaître le confort d'une maison chauffée toute l'année, le moelleux d'un lit de qualité, le plaisir de pouvoir passer d'un matelas à un canapé à un autre matelas à un autre canapé. Moi, le champion du roupillon, je suis bien placé pour vous dire qu'aucune savane ne peut remplacer ça. La liberté, la liberté, taratata. La liberté de s'épuiser à courir et de mourir de faim, oui ! Non, non, non, je suis désolé, on ne me fera pas avaler ces salades. Tous les grands fauves donneraient la moitié de leur pelage pour être à ma place : n'avoir qu'à faire coulisser la porte du placard pour tomber sur la réserve de biscuits apéros et de bonbons ; n'avoir qu'à se vautrer sur le dos pour se faire caresser le ventre ; bronzer au soleil, étendu de tout son long derrière la baie vitrée sans courir le moindre danger. En trois mots : LA-BELLE-VIE !

-3-

Lorsqu'on est un animal domestique, il est important de bien faire croire qu'on est… domestique. Surtout, n'éveiller aucun soupçon ! Quand je suis arrivé chez Colin et Coline, je me suis donc comporté comme le parfait chat de base : miaulements, frottements contre les jambes, je faisais le craintif, rasant les murs chaque fois que quelqu'un entrait dans la pièce, et je ne regardais la télé que quand elle était déjà allumée, d'un œil mi-clos pour ne pas avoir l'air trop intéressé. Si je peux vous donner un conseil, faites très attention à ce que vous laissez voir aux humains. Rien de spectaculaire devant eux : ne vous limez pas les griffes,

ne leur montrez pas que vous savez régler le chauffage, ne témoignez aucun intérêt pour les chips, faites celui qui n'aime que les croquettes. En gros, contentez-vous de ronronner bêtement. Ensuite, une fois la confiance de la famille gagnée, on vous fichera une PAIX ROYALE et vous pourrez faire tout ce que vous voudrez.

Et c'est là qu'on se rend compte qu'être un petit félin, ça a vraiment du bon. Imaginez-vous un lion gagner la confiance d'une famille en se prélassant au milieu du salon ? Et puis, entre nous,

"petit félin"/"GRAND FÉLIN", cette manière de classer les êtres est aussi ridicule qu'insupportable. Entre les deux, quelle différence ? Tous les félins ont une tête plutôt ronde, un crâne raccourci, environ trente dents et des griffes rétractiles. Qu'est-ce que j'aurais à envier aux soi-disant « grands » ? Je vous signale que je mesure quand même un mètre tout déroulé des pattes arrière aux pattes avant, sans compter la queue, et que je pèse 8,3 kilos malgré mes récents séjours de déprime au

grenier où je n'avais même plus le cœur à manger des chips. À mon avis, y a des bébés pumas qui ne peuvent pas en dire autant.

Mon poids, parlons-en. C'est l'obsession de Coline. Et le vétérinaire en a récemment rajouté une couche en lui conseillant de surveiller ma ligne. Une à deux fois par semaine, j'ai donc droit au rituel de la balance. Heureusement, j'adore qu'on me porte. Donc, je me laisse faire. D'abord, Coline s'accroupit, me caresse la tête et m'embrasse entre les deux oreilles, manière de m'amadouer

dont je ne suis pas dupe, mais un peu d'affection c'est toujours bon à prendre. Puis elle passe ses bras tendus, tout blancs, sous mon ventre tout noir. Là-dessus, elle me soulève avec un long soupir d'effort, ce que je trouve assez vexant. Mais mon plaisir l'emporte sur ma susceptibilité : les quatre pattes dans le vide, je me laisse aller à ce sentiment si agréable d'être trimballé dans les airs. Je ferme les yeux, je me mets à ronronner. C'est si relaxant. Ensuite, je sens que Coline fait un pas puis s'immobilise. La voilà, nous voilà, tous les deux sur la balance. Elle se penche

par-dessus mon dos pour lire les chiffres, et sans redescendre de la balance pousse un cri perçant :
– Colin ! Colin ! Co-lin !
Et c'est parti pour la tragédie. Les sourcils froncés, elle pose une soustraction dans sa tête :

Colin arrive, sourire aux lèvres, Pénélope sur la hanche.
– Alors ? demande-t-il, goguenard.
– Non mais c'est pas possible, lui répond Coline, désespérée.
– Combien ?
– 8,5 KiloS ! Il a encore pris 200 grammes alors que je ne lui sers plus que des demi-rations de croquettes !

Colin rigole. Moi, non. Pour un peu, j'en aurais le cœur brisé. La queue basse, je quitte la salle de bains. Direction le grenier. Cette fois, c'est décidé, je vais me laisser mourir de faim puisqu'on refuse de m'accepter tel que je suis. Je reste là, sur le plancher détrempé, la truffe dans les pattes à regarder le toit goutter, à ruminer mon chagrin au moins pendant cinq minutes. La balance, la balance, toujours la BALANCE. La minceur, la minceur, toujours la MINCEUR. Et pourquoi pas faire du SPORT tant qu'on y est ? À cette seule idée, mon ventre gargouille, et je me sens moins triste que révolté. En un instant, mon moral est revenu. Je bondis sur mes pattes, je fais le gros dos. Allons, Pépito, du nerf ! Et c'est plein d'assurance que je contourne la zone la plus spongieuse du plancher, un grand ovale sombre, et quitte le grenier, direction la cuisine et son placard magique.

-4-

Tout en croquant une cinquième truffe en chocolat, je réfléchis : j'en connais des fous furieux de l'activité physique qui passent des heures à poursuivre des balles lancées par leurs maîtres, ou des bouchons de liège tirés par des enfants au bout d'une ficelle. Et vous savez quoi ? Ça me fatigue rien que de les regarder.

Chacun fait ce qu'il veut, mais le coup du bouchon de liège, c'est totalement immature. Ce sont les chatons qui en sont encore à poursuivre leur propre queue, qui prennent plaisir à ça ! Naturellement, je n'en suis plus là. Certes, le jour où Pénélope s'y mettra, moi aussi je courrai après son bouchon… pour lui faire plaisir. Je suis un chat au grand cœur et cette petite fille fait de moi ce qu'elle veut ! D'ailleurs, si Coline ne risquait pas de me tomber dessus au réveil, je passerais bien la nuit entière à écouter sa respiration, ses couinements, ses soupirs, à la veiller tel un capitaine de navire et à l'empêcher de faire de mauvais rêves. Mais revenons à nos moutons.

LA CHASSE ?! J'ai déjà du mal à regarder les informations à la télé, avec toutes ces images horribles, alors écorcher vif une jeune souris, rompre le cou d'un vieil oiseau, aplatir une mouche inoffensive… Impossible. Je suis un chat pacifiste, moi, même si je reconnais que certains animaux sont à étrangler, surtout ceux qui savent voler ou sauter comme les écureuils. Quels frimeurs, ceux-là ! Mais il y a pire : les merles. Ça tape sur le système, les merles. Toute la journée la même musique : à la fin, ça rend fou. Mais je prends sur moi. Je respire un grand coup. Je me colle à la baie vitrée, je baille en montrant toutes mes dents, je hérisse le poil. En général, ça suffit à les faire déguerpir. En cas d'échec, je m'en

vais dans le salon. Après tout, il me suffit de quitter la cuisine qui ouvre sur le jardin pour passer côté rue et ne plus rien voir ni entendre des manifestations de la nature. À la place, je me délecte de la poésie des scooters, des voitures et des marteaux piqueurs. C'est qu'il faut être cohérent dans la vie : si je suis pour qu'on me fiche la paix, je suis pour qu'on fiche la paix aux autres. Surtout, je ne vois pas l'intérêt de s'acharner sur de pauvres bêtes qui n'ont rien demandé à personne quand on a tout ce qu'il faut dans les placards de la cuisine.

-5-

De toute façon, mes 8 kilos et des poussières, je les porte très bien. La preuve, Joséphine ne m'a jamais fait aucune remarque désagréable sur mes petites rondeurs. Elle, elle m'aime comme je suis. Elle, elle sait voir la vraie beauté :

la beauté intérieure.

C'est d'autant plus remarquable quand on est de son pedigree. Joséphine est en effet Scottish. C'est-à-dire qu'elle est originaire d'Écosse, et qu'elle a les oreilles repliées en triangle, un peu

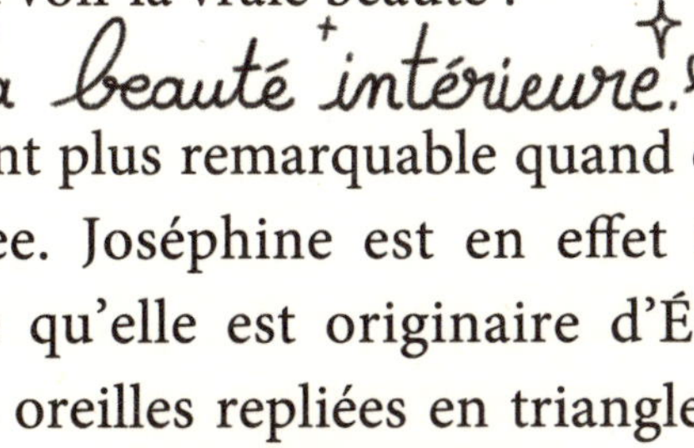

comme au dos des enveloppes. Les gens dépensent des fortunes pour acheter des chats de cette race. Pourtant, Joséphine n'a pas la grosse tête. C'est une chatte modeste que les concours de beauté n'intéressent pas du tout alors qu'elle pourrait tous les remporter haut la patte avec ses yeux si beaux, si ronds, si jaunes. Et là, je ne vous parle que de son physique. Or, il faut voir l'amour de chatte que c'est. D'une *tendresse*! D'un HUMOUR! D'une *intelligence*! Jamais je n'ai entendu ronronnement aussi délicat. Pas la peine de préciser que tous les minets du quartier lui courent après. N'empêche que c'est moi qu'elle a choisi.

MOI ET MES 8 KILOS.

J'aurais beaucoup aimé qu'on fasse des petits ensemble. Mais la vie est parfois cruelle. C'est pourtant un type bien, son maître. Gentil, attentif, monsieur Abellan est toujours à s'assurer que Joséphine ne manque de rien, à la caresser, à lui demander si ça va. Il lui donne même un peu de lait, une fois par jour, pas trop, c'est mauvais pour la santé, mais Joséphine en raffole tellement ! Parfois, il la laisse même dormir avec lui. Donc, ce que je crois, c'est que monsieur Abellan n'a simplement rien compris à notre relation, à Joséphine et moi – il faut dire que nous sommes restés très discrets et jaloux de notre vie privée. Alors, sans doute a-t-il cru bien faire en allant chercher un mâle pour Joséphine sur miaou.com. Mais quel abruti de chat persan ne lui a-t-il pas trouvé ! Suleyman. Rien que le nom. Prétentieux ! Mais prétentieux ! Beau, ah ça, oui ! Un vrai chat de puzzle !

Mais plus bête que cent chiens réunis ! Et ça s'est fait comme ça : Joséphine est allée passer une semaine chez ce sac à puces. Elle est revenue enceinte. Je ne l'ai pas vue de toute sa grossesse car monsieur Abellan la protégeait beaucoup et ne la laissait pas sortir. Moi, je passais des heures à errer comme une âme en peine, contemplant le muret du jardin en espérant voir apparaître ma minette. Parfois, j'y pensais tellement fort que je croyais la voir. Au bout de deux mois, les chatons sont nés. Cinq mâles. Copies conformes de Suleyman.

Après quelques semaines, monsieur Abellan les a tous donnés. Et puis ensuite, Joséphine s'est fait opérer. Il y a des histoires comme ça qui vous donnent envie de passer à travers le plancher du grenier… ou de manger une quatorzième truffe en chocolat. J'opte pour la deuxième option.

-6-

Tiens, les vacances doivent approcher ! Depuis quelques jours, c'est l'effervescence. Coline et Colin s'agitent en tous sens, montent l'escalier, le descendent, le remontent, le redescendent, ils ouvrent les placards, ils les ferment, ils les rouvrent, ils les referment encore.

L'aspirateur tourne à plein régime. Cette agitation est épuisante. Une odeur permanente de détergent me fait éternuer toutes les trois secondes. Mais enfin, à quoi bon astiquer sa maison quand on la quitte ? En tout cas, impossible de trouver le calme au milieu de ce foutoir. Et je ne parle même pas de faire une sieste. Parce que, pendant que Colin et Coline jouent à monsieur et madame SUPERPROPRE, qui s'occupe de Pénélope ?

Je passe donc mes journées à distraire la petite en lui donnant ma queue à tirer, à la rassurer d'une pression de coussinet sur la joue au moindre sursaut et à la consoler d'un doux miaulement dès qu'un bruit l'affole, son visage se chiffonnant alors en une grimace annonciatrice des plus gros pleurs de toute l'histoire des pleurs. Heureusement, vraiment, que je suis là.

Alors, elles arrivent ces vacances ?! Bientôt, le calme sera revenu et j'aurai tout le temps de me reposer. J'ai entendu dire que certains animaux tombent en dépression lorsque leurs maîtres s'en vont durant les congés d'été, ou même seulement le temps de petites vacances, voire d'un week-end prolongé. Ce manque d'autonomie me désole. Moi, au contraire, j'adore quand la famille s'en va. Évidemment, je ne le montre pas. Le jour du départ, je prends mon air de chat battu pour leur laisser imaginer qu'ils me manquent déjà – les humains ont besoin de se sentir importants. Mais

en vérité, sitôt la porte fermée, je bondis de joie d'accoudoir en fauteuil, de table en chaise :

À MOI LA LIBERTÉ !

S'ils ne partent que deux ou trois jours, ils me laissent avec le distributeur de croquettes rempli à ras bord, que je vide dans les douze premières heures pour aussitôt le remplir à nouveau puisque je sais où est cachée la réserve. S'ils partent plus longtemps, une dame vient me nourrir quotidiennement. Elle est aussi supposée me caresser et me parler mais elle ne le fait jamais. Après tout, on a le droit de ne pas aimer discuter, et je ne suis pas du genre à cafter. Dans les deux cas, je dispose de la maison rien que pour moi. Chauffage à 35 degrés de jour comme de nuit. Je peux regarder la télé à longueur de temps. Je n'ai plus à me cacher pour fouiller les placards. Je peux boire l'eau des vases qui a un petit goût d'algue délicieux. Et surtout, je peux inviter ma Joséphine quand je veux. Seuls au monde, nous faisons des siestes monumentales sur tous les lits de la maison, et des pique-niques en amoureux dans le jardin.

Rien ne me rend plus heureux que de voir ma jolie chatte étendue sur l'herbe dans un rayon de soleil, et de l'entendre ronronner dès que je lui donne la patte.

Mais les jours passent et rien ne se passe. Voilà bientôt deux semaines que je vis dans ce bazar annonciateur de vacances, sauf que personne ne s'en va nulle part. Colin et Coline continuent d'aller au boulot, Pénélope à la crèche. Et le soir, tout le monde rentre au bercail. À peine le dîner expédié,

Colin et Coline se remettent à ajouter du désordre au désordre dans une atmosphère électrique. Et puis, j'ai remarqué une chose particulièrement louche : normalement, qui dit vacances dit valises.

D'ailleurs, à la veille des départs, pour aider Colin et Coline à se sentir essentiels à ma vie, je ne manque jamais de me vautrer dans leurs bagages pour les apitoyer sur mon sort et les faire culpabiliser. Sauf que là, zéro valise. À la place, des dizaines de cartons vides s'entassent dans le hall d'entrée. Il est grand temps que je mène l'enquête.

CUISINE
FRAGILE
CUISINE
DB
VÊTEMENTS
PÉNÉLOPE
JEUX
P.
LIVRES
LIVRES

-7-

– À ce soir Pépito !

Me frottant contre les tibias de Colin et Coline, entravant leurs pas, je miaule à en perdre la voix, jouant comme chaque matin le chat dépendant. Mais aussitôt la porte claquée :

– Action !

Je me mets à fureter partout, en mode détective.

Dans chaque pièce, c'est la même histoire : tiroirs et placards vidés tandis qu'un amoncellement de cartons plus ou moins remplis, plus ou moins fermés, manque de s'écrouler. Çà et là sont empilés de grands sacs-poubelle pleins à craquer. Mais j'ai beau renifler chaque objet, rentrer dans chaque carton ouvert, lire l'inscription sur chaque carton fermé :

Alors, comme toujours lorsque j'ai un problème important à résoudre, je vais voir Princesse, la plus vieille chatte du quartier – elle a dix-sept ans. Elle habite la maison à côté de celle de Joséphine, si bien que je peux aller la voir en sautant d'un jardin à l'autre, sans sortir dans la rue. Son pelage

hirsute et tout sec rappelle les poils d'une très vieille brosse à dents, et elle se déplace difficilement. Pourtant, devant elle, on se sent comme devant tous les grands sages : dévoré de timidité. Quand j'arrive, elle est en train de se prélasser dans une flaque de soleil au milieu du jardin. À peine ai-je terminé de lui raconter mes tracas que Princesse s'exclame :

Les pattes coupées par cette nouvelle, je sens mon cœur se décrocher. À l'intérieur de moi, c'est le gros déchirement. Déménager ? Mais pour où ? Mais pourquoi ? Et moi dans tout ça ? Et ma vie ? Et mes habitudes ? Et ma Joséphine ?

Hormis quand elle attendait ses petits, pas une journée sans qu'on se voie ! Pas un week-end sans qu'on fasse quelque chose ensemble !
Je rentre en marchant la tête basse sur l'arête du muret. En plus, je suis né dans cette maison, moi ! Enfin, pas tout à fait puisque j'ai été donné à Colin et Coline, mais j'y suis arrivé tout chaton. La totalité de mes repères est ici. Je ne connais rien d'autre. Ah si, une fois, quand j'étais aussi petit qu'inconscient, je suis allé jusqu'au bout de la rue, à l'angle de la supérette, piqué par je ne sais quel démon du voyage. Mais j'ai vite rebroussé chemin devant un gang de chiens dangereux dont le leader

montrait les crocs – un machin d'environ 80 kilos, haut sur pattes et vêtu d'un manteau en plastique rouge.

Et avec tout ça, on voudrait que j'accepte sans broncher de quitter cette maison ?! En plus, je ne vois pas ce qu'ils lui reprochent, à cet endroit. Un grand salon avec une cheminée. Une jolie cuisine qui ouvre sur un petit jardin. Une chambre pour Colin et Coline. Une chambre pour Pénélope.

Un sous-sol où les araignées dansent au rythme de la machine à laver, où le congélateur congèle sans embêter personne, un grenier pourri dont il faudrait seulement réparer le plancher pour en faire une jolie chambre d'amis. Je voudrais bien savoir, moi, ce qui lui manque, à cette maison !

Ruminant mes pensées, je sursaute en entendant un étrange grincement. Ça vient de la rue. Je me penche au maximum depuis le haut du muret et me dévisse le cou pour voir… l'horreur ! Là, sous mes yeux, une pancarte jaune et noire, énorme, se balance en grinçant :

À cet instant, un autre grincement me fait lever la tête. Au balcon de la chambre de Pénélope se balance la même pancarte, et juste en dessous, le numéro de téléphone de l'agence Ma Bicoque. Et là, chose rare chez moi qui suis un chat très maître de ses émotions, les larmes me montent aux yeux pour jaillir en torrents.

-8-

– Tu es sûr ?! me demande Joséphine, moustaches tremblantes, essayant en vain de me dissimuler son inquiétude. Sauf que ma chatte adorée ne sait pas mentir. Le balayage trop rapide de sa jolie

queue la trahit immédiatement, tout comme le frémissement nerveux de ses mini oreilles, et puis cette manière frénétique qu'elle a de faire sa toilette dans les moments de stress.

– Hélas…, je lui réponds, abattu.

Aussitôt, Joséphine retrouve toute son énergie, arrête de se lécher les coussinets, se dresse sur ses pattes et fait le gros dos, poils hérissés, queue dressée vers le ciel.

Au même moment, monsieur Abellan apparaît au coin de la rue. Depuis le muret où nous sommes perchés, on aperçoit le dessus de son cabas. Rien d'intéressant : des navets. Monsieur Abellan fouille ses poches à la recherche de ses clés lorsque son téléphone sonne.

– Allo… Ah bonjour Colin ! ... Mais oui, tout va très bien… Et vous ? … Ça fait un moment qu'on ne s'est pas vus ! … Comment all… ? … Pardon ? … Si je connais de bons déménageurs ! … Ah ? … Ça alors ! … Comme je suis heureux pour vous ! Et c'est la petite Pénélope qui va être contente ! Un petit frère ou une petite sœur ! … Et oui… évidemment ! Une chambre supplémentaire, c'est indispensable ! … Mais si ! … Mais non ! … Ne vous en faites pas, votre maison est ravissante, vous allez trouver un acheteur sans problème ! Et pourquoi ne viendriez-vous pas prendre l'apéro ce soir à la maison ? Il faut fêter ça ! … Allons allons, si je vous le propose, c'est que ça me fait plaisir ! … Très bien, parfait ! Je vous attends vers 19 heures… Rien ! Pas de chichi entre nous, venez les mains vides ! … Dites donc, en revanche, c'est Pépito et Joséphine qui vont râler !

Monsieur Abellan part d'un grand rire cruel.

– Joséphine, retiens-moi où je fais un malheur.

Joséphine me retient par la queue, m'empêchant de bondir au visage de Monsieur Abellan.

– Quand je pense qu'en fait, il était parfaitement au courant de *notre amour*. Et malgré ça, il t'a laissé faire des chatons avec Suleyman ! Pire : il est allé le chercher sur miaou.com ! Je savais comme les humains sont parfois tordus, mais là, ça dépasse tout ce que j'imaginais !

– Mais quoi ?
– Mais peut-être que monsieur Abellan ne sait pas que les chats éprouvent aussi des sentiments…
– C'est bien le seul à ne pas être au courant.
Balayant ma remarque d'un revers de patte, Joséphine change de sujet :
– Mon Pépito, concentrons-nous sur l'essentiel : il faut à tout prix empêcher ce déménagement.
Et comme elle frotte sa petite tête ronde contre la mienne, mon cœur fond. Sa détermination me

remonte le moral, même si je crains qu'elle ne sous-estime la situation. Je lui rappelle que les humains sont l'espèce la plus **têtue** que je connaisse.

– C'est vrai, mais, si tu baisses les pattes avant même d'avoir cherché une solution, on ne va pas s'en sortir, Pépito. Moi, je suis certaine que, si on leur met suffisamment de bâtons dans les roues, on peut faire renoncer Colin et Coline !

Et comme l'enthousiasme est une chose contagieuse, surtout quand on est amoureux, je me laisse convaincre. Quelle battante, cette chatte ! QUEL CARACTÈRE ! Décidément, je l'adore.

– Allez mon Pépito, fonçons à cet apéro ! continue Joséphine en descendant du muret avec grâce. Je suis sûre que la conversation va nous donner des éléments essentiels à notre entreprise de sabotage !

-9-

DING DONG

– Et alors Pépito, qu'est-ce que tu fabriques ici ? Tu t'invites à l'apéro, mon gros ?

Gros toi-même.

– J'arrive, j'arrive ! claironne monsieur Abellan. Entrez, je vous en prie ! Ah, je vois que vous êtes venus en famille, rigole-t-il en nous laissant nous faufiler, Joséphine et moi, entre ses jambes.

– Qu'est-ce que Pénélope tient bien sa tête, maintenant !

Il est quand même gentil, monsieur Abellan. Il trouverait n'importe quoi pour faire des compliments. Non mais heureusement qu'elle tient sa tête ! Sinon à quoi ça sert d'avoir un cou ? Il n'y a rien de plus attardé qu'un bébé humain. Le plus stupide des animaux naît en sachant se déplacer.

Au bout de quelques heures maximum, un poulain sait marcher,

une girafe aussi,

un chat évidemment,

un poisson sait nager,

un oiseau sait voler en deux semaines,

et même les chiens se débrouillent à peu près pour mettre une patte devant l'autre.

Mais les humains arrivent au monde sans être terminés. Pendant des années, ils ne savent rien faire tout seuls. Ne me faites pas dire ce que je n'ai pas dit : j'adore Pénélope. Mais quand je pense à ce que je savais faire, moi, à sept mois…
– Coline, qu'est-ce que je vous sers ? Jus de tomate ? Jus d'orange ? Eau gazeuse ? Eau plate ?
– Vous savez, vous allez nous manquer, monsieur Abellan ! répond Coline sans répondre. Mais on préfère déménager dès maintenant, comme ça, le jour où nous serons quatre, on sera installés !
– Enfin, cinq avec Pépito !

– Et puis, la maison nous coûte beaucoup trop cher, reprend Colin. On a beau faire attention, vous verriez nos factures de chauffage ! Pourtant, c'est un crève-cœur de quitter cet endroit.

– Sans compter que c'est plein de souvenirs, reprend Coline, des trémolos dans la voix. C'est dans ce jardin qu'on a fêté notre mariage ; Pénélope est née là…

– Et c'est tout simplement un lieu de vie extrêmement agréable. Mais on commence aussi à trouver qu'une maison, c'est trop de boulot.

– Le jardinage, le ménage…

– Alors on cherche plutôt un bel appartement !

À ces mots, je sens mon cœur se fissurer de partout et tomber en petits morceaux.

Non seulement on va m'éloigner de Joséphine, mais en plus on va me faire vivre dans une boîte, privé d'oxygène, sans la moindre herbe à proximité pour me purger. L'horreur.
– J'ai vu sur la pancarte que vous aviez choisi l'agence immobilière *Ma Bicoque*, reprend monsieur Abellan. Excellent choix ! Qui va s'occuper de vous ?
– Un certain monsieur Serpolette.
– Ah ! Serpolette ! Antoine Serpolette ! Vous ne pouviez pas mieux tomber. C'est grâce à lui que j'ai trouvé la maison. Il est très professionnel. Il va vous vendre ça en cinq minutes !
C'est pas possible, je vais tourner de l'œil. Cinq minutes pour balayer toute ma vie d'un revers de patte. Et on dirait que tout le monde s'en réjouit.

– On n'aurait jamais dû venir à cet apéro, je murmure à l'oreille de Joséphine.

– Au téléphone, ce Serpolette nous a semblé très bien, en effet : dynamique, clair, précis, ajoute Coline.

– Il a juste une petite particularité amusante, précise monsieur Abellan, il est très SUPERSTITIEUX ! À l'époque où je l'ai rencontré, il refusait de s'occuper de la vente des biens situés au numéro 13 d'une rue ! Et il ne fallait pas lui parler du treizième arrondissement ou de rendez-vous à 13 heures !

– À ce point ? s'étonne Colin.

– Oui ! Mais ça ne l'empêche pas d'être un excellent vendeur.

– Espérons… en tout cas, il vient demain à 19 heures pour finaliser le dossier.
À cet instant, Joséphine se lève d'un bond.

Sans plus d'explication, Joséphine me fixe rendez-vous le lendemain sur le muret pour établir un plan de bataille.

-10-

Poil soyeux, moustaches lissées, position de danseuse étoile : pattes avant jointes, dos bien droit.

Je craque complètement chaque fois que je la vois. À côté de tant d'élégance, je dois faire vieux chat de gouttière! Surtout qu'avec tout ce chagrin et tout ce stress emmagasinés, j'ai à peine dormi onze heures d'affilée, moi. Joséphine dépose sur ma truffe un petit bisou rapide alors que j'aurais adoré un long câlin langoureux.

– L'heure est grave, Pépito, pas de temps à perdre. Écoute-moi bien : on va commencer par des trucs faciles. Et en fonction du résultat, on échafaudera des plans plus compliqués. D'accord ?

– D'accord.

– Suis-moi !

Joséphine dégringole du muret et file vers l'appentis au fond du jardin de monsieur Abellan. Quelle horreur ! Quelle crasse ! Un nid à microbes ! Heureusement que je suis vacciné contre tout. Pour vous donner une idée : tondeuse recouverte d'un mélange de boue et de purée d'herbes, râteaux et pioches rouillés, tournevis couverts de peinture, de colle, clous tordus, pelotes de fils électriques emmêlés, ampoules poussiéreuses, chiffons dégoûtants, sans parler de tout un bric-à-brac non identifié enfermé dans des pots aux étiquettes en lambeaux : souvenirs de cornichons, de Nutella, de choucroute garnie.

TERREAU
CIMENT
66

– Attrape ça ! m'ordonne Joséphine en désignant un pot de peinture tandis qu'elle se met à farfouiller dans une vieille boîte cloquée de sorbet au kiwi. Parfait ! dit-elle en brandissant sous ma truffe un tout petit pinceau.
– Mon Pépito, tu reconnais cette couleur ? me demande-t-elle avec un sourire malicieux.
– Non.
– Ça ne te fait vraiment penser à rien, ce bleu ? insiste-t-elle, visiblement déçue.
– N…
Pas le temps de répondre. Joséphine a déjà détalé. Derrière elle, je renverse à peu près tout ce qu'il est possible de renverser vu qu'on n'a pas exactement le même gabarit, elle et moi. Elle se faufile entre les barreaux de la grille et m'attend côté rue. En rentrant mon ventre à fond, je réussis à passer à mon tour entre les barreaux. Tout essoufflé,

la tête couverte de toiles d'araignées, me voilà exposé à tous les dangers.
– Euh, on ne pourrait pas juste repasser de l'autre côté de la grille ?
Joséphine me regarde interloquée. Impossible de lui avouer à quel point je pétoche dans la rue. Elle, rien ne lui fait peur. Elle se sent à l'aise partout. Je donnerais des années de croquettes pour retourner de l'autre côté de la grille.
– Regarde ! dit Joséphine en désignant, juste à notre gauche, la porte d'entrée de la maison. Mais non, pas la porte ! La plaque ! La plaque bleue ! Avec le numéro 18 en blanc !
– C'est vrai que c'est le même bleu, je dis d'un ton placide, n'ayant toujours rien compris.

Joséphine est un **GÉNIE**.
Moi, je comprends vite ; il faut juste m'expliquer longtemps.

-11-

– Si Serpolette est aussi superstitieux que l'affirme monsieur Abellan, il fera demi-tour avant même d'avoir sonné, et on ne le reverra plus jamais !

Regards à droite, regards à gauche. Personne. Joséphine grimpe sur mon dos et manie le petit pinceau à toute vitesse.

Elle le trempe régulièrement dans le pot de peinture qu'elle a ouvert avec ses canines. En moins d'une minute, l'opération est terminée. Pour ne pas attirer les soupçons, on se débarrasse du pot et du pinceau dans la première poubelle venue, puis chacun rentre dare-dare chez soi.

– Attends !
Joséphine a un peu de bleu sur la truffe, que je lui retire d'un efficace coup de langue. Mais elle est

déjà beaucoup trop loin pour que je lui dise qu'elle en a aussi un peu sur…

– Mais qu'est-ce que c'est que ce bleu au bout de ta queue, ma Joséphine ? Où est-ce que tu as encore été traîner ?
Monsieur Abellan lui nettoie le poil avec douceur. Joséphine fait celle qui ne voit pas du tout de quoi on parle, ronronne, se frotte, miaule et réclame des caresses comme un chat de base.

De mon côté, je profite à 300 % des quelques heures de calme qu'il me reste avant le retour de la maisonnée. Après tant d'énergie dépensée, je suis frigorifié. Je descends au sous-sol. Je pousse le chauffage. Et je m'installe confortablement avec un paquet de chips barbecue pour regarder un documentaire animalier.

Cette fois, c'est sur la banquise. On n'a pas idée d'habiter un endroit pareil ! Je me gèle tellement les coussinets que j'arrête l'émission avant la fin : un de mes plus gros défauts, c'est d'avoir trop d'empathie. Si je vois quelqu'un se faire marcher sur la patte, ça me fait mal comme si c'était la mienne. Si je vois un chat qui a faim, je ressens tout à coup des crampes d'estomac terribles. Alors, pensez un peu, vivre par moins cinquante degrés !

Bon, qu'est-ce que je pourrais bien faire maintenant ? Mon regard tombe sur mon pelage et mes griffes d'une saleté indescriptible. J'ai dû ramasser toute cette crasse sous l'appentis tout à l'heure. Je monte dans la salle de bains me faire un petit shampoing sec bio pour cheveux colorés. Coline achète toujours des produits de grande qualité. Puis j'entreprends de me nettoyer les griffes. Comme je ne trouve pas la brosse à ongles, j'utilise une des deux brosses à dents plantées dans

le gobelet. Propre comme un sou neuf, personne ne pourra me soupçonner de quoi que ce soit.

Je retourne me vautrer sur le canapé. Je ne ressens plus un poil d'inquiétude. Il est évident que le plan de Joséphine va marcher. Il est évident que, bientôt, le panneau À VENDRE ne sera plus qu'un atroce souvenir.

PLIC PLOC PLIC PLOC. J'adore ça, la pluie, et tant pis pour le plancher du grenier. PLIC PLOC PLIC PLOC. Quel bonheur de l'écouter et de la regarder tomber, bien au chaud à la maison. Je commence à piquer de la truffe. Je vois un grand toboggan blanc comme la banquise dans lequel Joséphine et moi glissons, glissons, coussinets contre coussinets, et…

-12-

Est-ce que quelqu'un pourrait apprendre à Colin à fermer une porte sans la claquer ? Une attaque cardiaque ! Voilà ce qui va finir par m'arriver ! Est-ce que ce serait trop demander, un minimum de délicatesse ?

– Ça va Pépito, pas trop dure, la vie ? me lance mon maître, narquois, tout en jetant sa sacoche d'ordinateur sur le canapé, manquant de m'éborgner. Mais on crève de chaud dans cette maison ! La chaudière est complètement détraquée. Et toi, le gros, tu t'en fiches éperdument !

Gros toi-même.

Je fusille Colin du regard. Non seulement il me tire du sommeil sans s'excuser mais son agressivité ne connaît aucune limite. Comme si je ne faisais rien de mes journées ! Et est-ce qu'il pourrait un jour m'appeler par mon prénom sans y accoler un adjectif méchant ?

DRiiiiiiiiiNG ! DRiiiiiiiiiNG !

Mais c'est pas vrai ! La sonnette maintenant ! On ne pourrait pas imaginer quelque chose de moins brutal ? Un joli DiNG DONG comme chez monsieur Abellan ?
Colin, tout juste remonté du sous-sol, se précipite pour ouvrir tandis que je sens dans mes os la chute brutale de la température ambiante. À tous les coups, il a remis le chauffage à 19 degrés.
– Monsieur Serpolette ! Bonjour ! Entrez ! Bienvenue ! Ma femme arrive dans un instant, elle avait rendez-vous chez le pédiatre avec la petite.

Serpolette ?! Et le chiffre 13 alors ?! On ne cesse quand même pas d'être superstitieux du jour au lendemain ! Je bondis du canapé et je fonce dans le hall d'entrée. J'arrive tel un boulet de canon devant l'agent immobilier qui, tout sourire, change de couleur en me voyant. De rose, il passe au vert pâle, puis au blanc carrelage. Son corps se met à trembler comme s'il était assis sur un marteau piqueur.

Serpolette sort de la maison en trombe.
Dix minutes plus tard, toujours pas de Serpolette.
Vingt minutes plus tard, toujours pas de Serpolette.
Une demi-heure plus tard, une heure plus tard, pas de Serpolette.

– C'est ahurissant ! Tu lui as téléphoné ? demande Coline de retour de chez le pédiatre.
– J'ai essayé vingt fois. Appels, SMS, WhatsApp. Il est injoignable. Je viens de lui envoyer un e-mail. Je ne sais pas ce qui s'est passé. Tu l'aurais vu ! Il a passé la porte, a fait un pas dans l'entrée, et soudain, demi-tour, et il a pris la fuite ! On aurait dit qu'il avait le diable aux trousses ! Je me demande bien ce qui a pu lui traverser l'esprit.
– Tiens, qu'est-ce que c'est que ça ? demande Coline en baissant les yeux.
Elle lève un pied, puis l'autre, tire Colin par le bras pour lui éviter de patauger plus longtemps dans… une étrange flaque bleue.
– Avec tous ces produits chimiques qu'on utilise aujourd'hui, même la pluie change de couleur, constate Coline.

Quand je lui raconte tout ça, Joséphine se tord de rire au point de manquer de tomber du muret.

– Moi qui me désespérais que la pluie fasse capoter notre plan en diluant la peinture ! Mais pas la peine d'aller chercher si loin ! Avec ton magnifique pelage noir, tu es à toi tout seul le chat le plus terrifiant qu'un superstitieux puisse croiser. Comment n'y avons-nous pas pensé plus tôt ? Les humains sont tellement faciles à effrayer ! Nous voilà débarrassés pour de bon.

Joséphine ronronne en se frottant contre moi. Les mots de "magnifique pelage noir" dansent dans ma tête, je suis le chat le plus beau du monde et j'ai le cœur qui bat à une vitesse supersonique.

-13-

Joséphine a raison : incroyable, la facilité avec laquelle j'ai stoppé net cette histoire de déménagement. Aussitôt, j'ai retrouvé un sommeil de qualité. Colin et Coline ont arrêté de faire des cartons. Il règne dans la maison une atmosphère détendue. Pénélope gazouille. Ses parents se montrent très tendres l'un envers l'autre.

Je pense qu'ils ont enfin réalisé l'énorme erreur qu'ils auraient commise en déménageant. Vivement que les funestes pancartes

soient décrochées.

C'est samedi. Je m'apprête à faire ma sieste de milieu de matinée lorsque la sonnette retentit, toujours aussi stridente. Ça doit être le facteur. Sauf que ce n'est pas son heure. Monsieur Abellan qui passe dire bonjour ? Mais je ne reconnais pas sa voix. Un vendeur de calendrier ? Ce n'est pas encore Noël. Une erreur ? Ça doit être ça : une erreur. Je me pelotonne à nouveau sur le canapé, à l'endroit le plus moelleux, pile au milieu des deux coussins, ma queue tout autour de moi, et je plonge à nouveau dans mes rêves peuplés de Joséphine.

– Entrez, entrez, je vous en prie, madame…
– Bertille ! Appelez-moi Bertille !

Intrigué, je lève une paupière. Visiter quoi ? Et c'est qui cette Bertille ? Je me lève et m'approche. Grande perche aux cheveux très courts presque aussi noirs que mes poils, la Bertille en question porte aux oreilles d'immenses cerceaux dorés dans lesquels on aurait presque envie de sauter. Juchée sur des talons aiguille de 18 centimètres, elle traîne derrière elle une entêtante odeur de noix de coco. Mais ce qui m'inquiète, c'est ce gros dossier jaune qu'elle tient serré sous son bras comme un lingot d'or. Et puis aussi son équilibre :

avec de telles chaussures, je m'attends à chaque pas à la voir s'effondrer. Mais non, elle avance simplement penchée comme la tour de Pise en faisant de petits bruits d'agrafeuse : CLOUC CLOUC CLOUC CLOUC.

– C'est une maison ravissante ! s'extasie Bertille en regardant autour d'elle comme un périscope. Sa voix de crécelle monte et descend tout le temps. L'écouter suffit à me donner la nausée.

– Ah, ne dites pas ça ! Vous allez nous faire regretter de vendre ! répond Colin en riant.

PARDON ?!
QU'EST-CE QUE JE VIENS D'ENTENDRE ?
VENDRE ? ENCORE ?!
MAIS C'EST UNE OBSESSION !

D'un bond, je saute sur le plan de travail de la cuisine. Colin est en train de se bagarrer avec la machine à café.

– Tiens, le gros ! Bertille, je vous présente Pépito !

Gros toi-même. J'esquive la caresse.

– Vous n'êtes pas superstitieuse j'espère ? Ce chat ne peut pas se passer de nous, c'est un vrai pot de colle !

– J'adore les chats ! s'exclame la grande perche en tendant vers moi une main pleine de bagues.

Et là, impossible de me contrôler, c'est épidermique, je crache dans sa direction en ouvrant grand la gueule.

– Pépito qu'est-ce que c'est que ces manières ? s'offusque Colin en me chassant d'un coup sur l'arrière-train. Je suis absolument désolé, Bertille, il ne fait jamais ça, c'est un gros matou très affectueux !

Gros toi-même.

– Habituellement, ses réactions les plus violentes consistent à remuer la queue dans son sommeil !
– C'est qu'on ne se connaît pas, hein, gros matou ! rigole la tour de Pise. Et puis, il doit sentir le chat ! ajoute-t-elle un ton plus bas. J'ai un adorable persan à la maison !
GROS MATOU. *Adorable persan.*
Et puis quoi encore ?!

Autant vous dire que je n'ai pas eu besoin de suivre ces deux-là tout au long de la visite pour comprendre le fin mot de l'histoire. Bertille est agent. Agent immobilier. *Ma Bicoque* l'a envoyée pour remplacer monsieur Serpolette. C'est donc une tragédie.

– Un « burn out », comme on dit aujourd'hui ! claironne la tour de Pise. Les nerfs de monsieur Serpolette ont craqué. Une dépression, si vous préférez. Comme ça, d'un coup, sans qu'on sache pourquoi. Il continue de travailler au bureau mais il n'assure plus aucune visite. Il se contente de répondre au téléphone. Et encore, parfois, les larmes lui montent aux yeux et on est obligés de prendre l'appel à sa place.
– Le pauvre ! commente Colin en signant les papiers que la tour de Pise lui met sous le nez.
– Mais ne vous en faites pas, cher Colin, je remplace mon collègue avec brio. J'ai été élue meilleure vendeuse l'année dernière ! se vante-t-elle en arrachant les papiers des mains de Colin. Bon, je vous envoie un e-mail aussitôt que j'ai des visites !
– Merci, Bertille. Et encore désolé pour le chat ! C'est dommage, vous n'aurez même pas rencontré ma femme, ajoute Colin en regardant sa montre.
– Aucune importance ! répond Bertille, guillerette, serrant son dossier sur son cœur. Elle repousse alors la main que Colin lui tend et se penche vers lui.

– Entre amoureux des chats, on peut bien se faire la bise !

Avant que Colin puisse réfléchir à la question, l'agent immobilier pose deux grosses marques de rouge à lèvres sur chacune de ses joues et disparaît sous la pluie dans des effluves de noix de coco, laissant Colin abasourdi.

– Tu veux ma photo, le gros ? me lance-t-il avec son agressivité légendaire.

Une seconde plus tard, la voix de Coline et le tintinnabulement de son trousseau de clés se font entendre.

– Ouhou ! C'est moi ! Désolée, je suis en retard, lance-t-elle joyeusement sans regarder Colin, empêtrée dans ses sacs de courses, l'imperméable ruisselant. Ça va mon chér… ?
Sa voix enjouée se brise en apercevant Colin, les joues tatouées. Et son nez se fronce à l'odeur entêtante de noix de coco.

Moi, les scènes de violence, j'ai horreur de ça. Je file donc au grenier regarder la pluie imbiber le plancher. En bas, ce n'est pas une dispute, c'est une éruption volcanique.

-14-

Ce matin, lorsque Coline me pèse, ses gestes brusques trahissent son humeur massacrante.

– Il a perdu 100 grammes, dit-elle sèchement à Colin, la tête plongée dans son bol de café.

– Incroyable ! répond Colin en lui proposant avec maladresse une tartine déjà beurrée que Coline repousse.

C'est supposé être de l'humour. Coline ne desserre pas les dents. Colin a eu beau lui expliquer qu'il n'y est pour rien, se justifier et me prendre à témoin, la jalousie ferme son visage comme un poing. Dans tout ça, pensez-vous que mes maîtres réfléchiraient une seconde à la cause de ma perte de poids fulgurante ? Au milieu de cette crise de jalousie, je suis le cadet de leurs soucis. Abattu, je n'ai plus touché à un paquet de chips depuis hier. Si cette histoire de déménagement continue, bientôt, on me verra les os.

Lorsque j'arrive devant Joséphine, elle remarque tout de suite que je ne vais pas bien. Je lui raconte la tour de Pise, et comment *Ma Bicoque* a remplacé Serpolette.

– Tu parles ! Elle a même voulu me caresser.
– Pépito, pas de découragement. C'est seulement un obstacle supplémentaire à franchir.
Si seulement Joséphine pouvait avoir raison. Mais là, j'avoue que je n'y crois plus.
– Décris-la moi un peu, la Bertille.
Je raconte à Joséphine ce que je sais, c'est-à-dire pas grand-chose. Son cou de girafe. Sa manière d'avancer penchée en avant. Ses boucles d'oreilles cerceaux. Son parfum à la noix de coco. Ses talons aiguilles.
– Des talons aiguilles ?
– Oui, de vrais pics à glace.
– Hmmmmm, intéressant !
Un petit éclair illumine les yeux de Joséphine.

– Deux secondes, attends-moi là !

Joséphine saute du muret, atterrit dans son jardin, et rentre en deux bonds dans sa maison. Moins d'une minute plus tard, elle revient avec, dans la gueule, le smartphone de monsieur Abellan. Elle pianote à toute vitesse du bout des griffes sur l'écran.

– C'est marrant, ça fait un peu le même bruit que la tour de Pise avec ses talons !

Au regard que me jette Joséphine, je comprends tout de suite que, cette remarque-là, j'aurais dû me la garder. Joséphine ne supporte pas d'être comparée avec qui que ce soit.
– Regarde, au lieu de dire des âneries.
Elle me met le smartphone sous la truffe.

– Neige prévue dimanche soir. Et on aura des températures négatives dans la nuit. Ce qui signifie que lundi matin…
– …
– Pépito, fais un effort !
– …

C'est affreux, de décevoir la chatte qu'on aime.
– Ce qui signifie que lundi matin, VERGLAS, annonce Joséphine triomphalement.
Il me faut quelques minutes pour que l'information monte au cerveau. Et ça y est ! Je vois ! Et même très bien ! La tour de Pise les quatre fers en l'air. Avec un peu de chance, une, voire deux jambes dans le plâtre. Ils n'ont quand même pas cinquante agents immobiliers de rechange chez *Ma Bicoque* ?!

– Seulement, attention ! On ne laisse rien au hasard ! Donc, dimanche soir, opération flaque d'eau, reprend Joséphine.
– Opération quoi ?
– Tu iras renverser de l'eau juste devant la porte de l'agence *Ma Bicoque*. Avec le froid, la flaque va se transformer dans la nuit en une magnifique et large plaque de verglas… que la tour de Pise ne pourra pas éviter en arrivant le lendemain au boulot !

– « Ah », quoi ? Ça ne va pas ? Tu as l'air tout bizarre, d'un seul coup.
– Non, non, ça va, mais… mais donc, il va falloir aller jusqu'à l'agence ?
– C'est ça.
– La nuit ?
– Avec ton pelage noir, tu passeras complètement inaperçu ! se réjouit Joséphine.

Nom d'un chien ! Déjà que passer de l'autre côté de la grille de la maison m'angoisse… À l'idée de sillonner tout seul la ville en pleine nuit, c'est la panique intégrale. À cet instant précis, le téléphone de monsieur Abellan émet un petit son de coassement de grenouille.

– Allez, j'y vais ! Faut que je rapporte ça !

D'un bond, Joséphine disparaît, me laissant avec dans le ventre une boule de stress aussi incontrôlable qu'une bille de flipper.

Je compte sur mes coussinets : samedi, dimanche. Plus que deux jours et une nuit pour surmonter ma peur et me préparer psychologiquement à l'épreuve qui m'attend.

-15-

La fenêtre de la cuisine laisse filtrer au dehors les conversations. À peu près réconciliés, Colin et Coline sont en train de préparer ensemble le repas, Pénélope gazouillant à leurs côtés dans son transat.

– Mais qu'est-ce qu'il fabrique dehors ? demande Coline en m'apercevant planté dans l'herbe, dans le froid et dans le noir.

– Pépito ! Hé ! Gros Pépito ! Tu vas prendre froid ! dit Colin.

Gros toi-même.

Malgré l'irrésistible appel de la chaleur, je fais celui qui n'entend pas.

– Il a un grain, ce chat ! rigole Coline en me voyant donner des coups de pattes à toute vitesse devant moi. Non mais regard… Hé ! Non mais HO ! MON GÉRANIUM ! ARRÊTE ÇA TOUT DE SUITE, PÉPITO !

Coline se rue dehors, s'interpose entre moi et la plante, et me chasse.

Les humains manquent vraiment de perspicacité. Ça ne se voit pas que je m'entraîne ? Au combat ! À la solitude ! Au noir ! Au froid ! Aux monstres ! Dans ma tête, je parcours et je reparcours le trajet depuis la maison jusqu'à *Ma Bicoque* et je m'imagine affronter une hyène, un rat, un loup, une souris, le leader du gang de chiens dangereux en manteau rouge.

– Qu'est-ce qu'il fabriquait ? demande Colin, toujours ce demi-sourire narquois aux lèvres.

– Il était en train de massacrer le géranium que ma sœur m'a offert à Noël.

Pardon, mais ce n'était pas écrit dessus. Sincèrement désolé d'avoir abîmé une chose ayant une valeur sentimentale pour Coline, j'aimerais pouvoir lui expliquer que cet entraînement est une question de vie ou de mort. Pour me faire pardonner, je passe le reste de la soirée à ronronner longuement sur ses genoux. Pour toute gratitude, je reçois ces mots-là :

– Mon Pépito, tu es un peu dingo en ce moment !

Mais au moins, Coline me caresse le ventre et ne me traite pas de « gros ». Je reste une bonne

demi-heure dans cette position d'abandon. J'en profite d'autant plus que c'est peut-être un des derniers câlins de ma vie, si jamais il m'arrive malheur dimanche soir. À cette pensée, les larmes me montent aux yeux. C'est le moment que choisit Coline pour me retirer brusquement de ses genoux comme si j'étais un vulgaire objet.

– Allez, hop ! C'est l'heure d'aller se coucher !

-16-

Après un dimanche à tourner dans la maison comme un lion en cage, préférant même éviter Joséphine tant l'angoisse me rend exécrable, c'est le grand soir. Ma belle m'attend à la grille sous les premiers flocons. Elle me saute au cou… pour m'accrocher une ficelle à laquelle pend une petite bouteille d'eau.

– Ça m’étrangle, là !
– Impossible, ça tire vers le bas.
– Mais ça me casse la nuque !
– Oh là là, quel douillet ! Ce ne sera pas long. Et n’oublie pas que c’est grâce à cette bouteille d’eau que nous allons pouvoir passer ensemble le restant de notre vie, mon Pépito.
Argument massue.
– Allez ! Courage ! Je t’attends ici !

Joséphine vérifie le nœud.
– Aucun risque ! dit-elle en me tapotant la nuque. Une fois sur place, tu n'as qu'as dévisser le bouchon et t'aider de la patte pour faire basculer la bouteille. Ne te trompe pas de porte, surtout, ajoute Joséphine, tout excitée.
Comme si je pouvais louper l'agence *Ma Bicoque* avec une énorme photo de ma propre maison en vitrine.

La mort dans l'âme, je prends une grande inspiration, et c'est parti. Je reste sur le même trottoir. Je traverserai au dernier moment. C'est plus sûr : si je dois rebrousser chemin, ce sera plus rapide. Un pas, deux pas, trois pas. Pour l'instant, tout va bien. Je me retourne. Joséphine m'adresse un petit signe de patte encourageant, un peu comme les faux chats dorés qu'on voit dans les restaurants asiatiques.

Surtout, ne pas la décevoir.

Un pas, deux pas, trois pas.

J'ai les coussinets gelés, les pattes flageolantes et les poils raides de peur, mais ça va.

Un pas, deux pas, trois pas.

J'ai la gorge sèche comme le désert de Gobi, mais ça va.

Un pas, deux pas, trois pas.

J'ai des acouphènes d'angoisse qui me vrillent les tympans, mais ça va.

Un pas, deux pas, trois pas.

J'ai atrocement mal au ventre, mais ça va.

Un pas, deux pas, trois pas.

Ma Bicoque est en vue. Plus qu'à traverser la rue. Par sécurité, j'emprunte le passage clouté. Ça y est, j'y suis. À l'aide de mes deux pattes avant, je dévisse le bouchon et j'incline la tête.

GLOU GLOU GLOU

L'eau se répand devant la porte et forme une large flaque ovale.

– Mission accomplie !

Ma voix résonne dans le noir. Je suis un héros. Demi-tour. Je cours comme un dératé dans la nuit, trait noir sur fond noir, tellement vite que je dépasse la grille de ma maison.

– HÉÉÉÉÉ ! me crie Joséphine.

Je freine des quatre pattes. Demi-tour. Je mets la gomme et me jette entre les barreaux avec une telle puissance que je serais passé sans avoir à rentrer le ventre si… si la bouteille à ma gorge ne m'avait pas stoppé net. Joséphine arrive vers moi en riant.

L’idée que j’aurais pu mourir étranglé ne l’effleure pas. Elle décroche la bouteille de mon cou et la jette dans le bac à recycler de monsieur Abellan. Quant à moi, je me précipite à l’intérieur.

– Ouf, sauvé !

– Sauvé de quoi ? demande Joséphine comme si je ne venais pas de risquer cent fois ma vie en allant accomplir ma mission.

– Je veux dire… c’est une affaire réglée !

Et je me mets à faire méthodiquement ma toilette comme tous les grands félins quand ils ont bien chassé l’antilope.

-17-

Le lendemain matin, comme prévu, il souffle un vent glacial. Malgré cela, Joséphine et moi nous retrouvons sur le muret. Imaginant la tour de Pise hors d'état de nuire, elle se roule de joie et frotte tendrement sa truffe contre la mienne pour me féliciter.

Alors, je lis dans les yeux de Joséphine une admiration et un amour sans borne.

– J'espère juste que…

– Quoi ?

– Que Bertille ne va pas se faire trop mal…

– Bertille ? Tu l'appelles Bertille, maintenant ?

– …

– Par ailleurs, je te signale qu'on ne fait pas d'omelette sans casser des œufs, Pépito.

Et Joséphine me tourne le dos tout en entreprenant de faire sa toilette, comme tous les chats quand ils sont vexés.

– …

– Tu sais bien que c'est toi la plus belle chatte du quartier, je lui dis en lui posant doucement une patte sur l'épaule.

– …

– Je veux dire, du MONDE ENTIER !

– C'est vrai, ce mensonge ? me demande-t-elle d'une toute petite voix radoucie.

– Bien sûr que c'est vrai.

Dans sa chaise haute, Pénélope, surexcitée par la neige, envoie valser tout ce qui lui tombe sous la main. Le spectacle des flocons en train de tomber comme au ralenti la met en joie. Il faut dire que c'est merveilleux. Féerique. Doux. Silencieux.

Cotonneux. Quand il neige, on se croirait dans un livre pour enfants. Enfin… dans la rue, côté salon, c'est une autre histoire : le monde n'est que coups de klaxon et insultes de conducteurs sortis de leurs véhicules, prêts à se taper dessus. La ville est sens dessus dessous. La circulation impossible. La crèche fermée.
Du coup, aujourd'hui, Coline « est censée télétravailler ». Ça signifie qu'elle passe sa journée à la maison à faire semblant de travailler. À la place, elle se lime les ongles, elle boit du café, elle téléphone à ses copines et elle lit des magazines. La petite n'arrête pas de couiner vu qu'on est supposé

s'occuper d'elle mais qu'en fait, rien du tout. Les enfants ont un grand sens de la justice et détestent les mensonges. Coline s'énerve parce qu'elle aimerait bien un peu de calme pour pouvoir appeler ses copines. Essayez de faire une sieste dans ces conditions ! Et puis, elle n'avait qu'à me la confier, la petite. D'ailleurs, la question a été abordée ce matin par Colin :

suivi d'un éclat de rire tonitruant.

Gros toi-même.

Quoi ? Je ne suis pas un chat fiable, peut-être ? Je vous signale que je n'oublie jamais l'heure de mon documentaire animalier, que je ne saute jamais un repas, que je ne rate pas un seul rendez-vous avec Joséphine sur le muret, que je ne manque jamais la date de mon anniversaire. Mais je sais bien que c'est une cause perdue : les humains ont des idées tellement arrêtées sur les autres espèces, et ils se croient les seuls à être capable de réfléchir… Enfin, la bonne nouvelle, c'est qu'avec ce froid de canard, on va avoir droit à un grand beau feu dans la cheminée, et ça, c'est une des choses que je préfère dans l'existence, ex aequo avec le crépitement de la pluie contre la fenêtre pendant ma sieste, manger des chips devant la télé, dormir, rêver, voir Joséphine, me rendormir, et remanger des chips devant la télé.

Roulé en boule devant la cheminée, j'attends que Coline craque l'allumette. Mais elle est trop absorbée par sa discussion sur son téléphone, agitant le transat pour bébé de Pénélope du bout de son chausson panthère rose. Je me mets donc à miauler pour la ramener à la réalité : on a froid, nous ! D'autant que, n'étant pas seul, je n'ai pas pu pousser le chauffage comme d'habitude. Mais Coline reste sourde à mes miaulements. Ce n'est pas une conversation téléphonique, son truc, c'est un torrent de mots au milieu duquel elle ne reprend jamais sa respiration. N'en pouvant plus, je grimpe sur la table et d'un coup de patte rabats son écran d'ordinateur. Et je m'assieds dessus.

– Mais enfin Pépito, ça va pas ? s'énerve-t-elle sans pouvoir s'empêcher de rire lorsqu'elle voit la boîte d'allumettes dans ma gueule.

Or, quand un humain rit, c'est qu'on a presque obtenu ce qu'on voulait.
– Ah ! C'est ça que tu veux mon gros pépère ? continue-t-elle en me grattant le cou.
Si on pouvait juste enlever « gros pépère »... Mais, sinon, oui, c'est ça que je veux.
Alors, Coline se lève tout en rappelant sa copine :
– Désolée, on a été coupées. C'est trop drôle, tu ne vas jamais me croire, le chat en avait marre que je te parle !
Enfin, Coline craque l'allumette et… de la fumée se répand partout en quelques secondes. Je tousse à ne plus pouvoir m'arrêter. Pénélope hurle. Ni une

ni deux, j'attrape la lanière du transat de la petite et je tire, je tire, je tire. Mes coussinets glissent sur le plancher. Je sors les griffes pour ne pas déraper.

J'entraîne Pénélope le plus loin possible du salon, jusque dans la cuisine. **Argh!** Le transat ne passera jamais par la chatière ! Je la traverse comme un bolide, fais volte face, et depuis l'extérieur bondis sur la poignée. La porte s'ouvre. Je re-rentre dans la

cuisine au péril de ma vie. Je reprends la lanière du transat dans ma gueule et je tire de nouveau comme un fou. Le bébé dans son petit siège s'envole pour atterrir sans une égratignure dans le jardin enneigé. Pénélope est sauvée !

Pendant ce temps, Coline ouvre les fenêtres, ce qu'il ne faut surtout pas faire en cas de début d'incendie. Heureusement, elle se ressaisit et jette une vieille couverture sur le foyer aussitôt étouffé. La seconde suivante, elle devient verdâtre et pousse le cri le plus aigu qu'une gorge humaine ait jamais réussi à lancer.

Pas de panique, pas de panique, elle est là ! Je miaule à tout bout de champ pour faire comprendre à Coline que tout va bien, en l'entraînant vers la cuisine et le jardin. Coline me suit tellement vite qu'elle manque de me piétiner la queue.

Des larmes de joie font couler tout son maquillage lorsqu'elle aperçoit sa fille, bien calée dans son transat, au chaud sous sa couverture, plantée au milieu du champ de neige, hypnotisée par les flocons. La petite jubile. Mais sa mère ne la laisse pas profiter longtemps du spectacle. Elle se jette sur le bébé pour le

prendre dans ses bras. Pénélope hurle. Ça vous plairait, à vous, de vous faire arracher comme ça à la douceur d'un monde en coton ? C'est fou comme les parents ne comprennent rien à leurs enfants.

-18-

– Tu aurais pu nous tuer ! … La trappe ! … Tu n'avais pas ouvert la trappe ! … On a frôlé l'asphyxie ! … Oh, oui, tu peux bien t'excuser ! … On dirait qu'elle te met vraiment la tête à l'envers, cette Bertille ! … On a failli mourir, je te signale ! … Si c'est ça, ON NE LA VEND PLUS, CETTE MAISON !

Pas trop tôt. Enfin une phrase intelligente.

Laissant la pauvre Pénélope aux cris de sa mère, je bondis sur le muret. Il faut absolument que je raconte tout ça à Joséphine.

– Génial ! C'est inespéré ! Coline ne veut donc plus vendre !
– C'est ce qu'elle dit. Mais, il y a un truc qui m'…
– Formidable ! me coupe Joséphine, euphorique en faisant un petit tour sur elle-même. On n'a même plus besoin de faire des plans alors !
– Oui, c'est chouette, mais tu comprends, je ne voudrais tout de même pas que tout cela aille trop loin. Pense à Pénélope : tu l'imagines avec des parents divorcés ?
Joséphine me regarde, interloquée.
– Arrête de dramatiser, Pépito. C'est juste une dispute, pas un divorce !
– Oui, mais il y a des disputes qui deviennent des divorces.
– Oui, mais pas toutes.

Joséphine a beau dire, je ne suis pas tranquille. Alors, la nuit même, une fois la maisonnée endormie, j'ouvre l'ordinateur de Colin en priant pour qu'il ne l'ait pas éteint. S'il est resté allumé, je n'aurai pas besoin de son mot de passe. Miracle ! La machine est restée en veille.

Nouveau message.

À : Coline.
Objet : ma Chérie ma Coline que j'aime

Tu es beaucoup plus jolie qu'une plaine
Tu es beaucoup plus douce qu'une montagne
Quand tu parles, on dirait une rivière
Quand je te vois, c'est mieux qu'un lever de soleil
La trappe de la cheminée, je n'y ai juste pas pensé
Bertille de Ma Bicoque, je m'en fiche
Comme de ma première chemise
Ne sois pas jalouse d'elle parce que moi
JE T'AIME

Signé : Pépito |

Et je clique sur « Envoyer ».

NON ! NON ! NON !

Ne me dites pas que j'ai fait ça !

Si.

-19-

Le lendemain matin, c'est le rire de Coline qui me réveille : une cascade.

– Qu'est-ce que tu me fais rire, mon amour ! Il est super, ton poème ! *Signé Pépito,* trop drôle !

Colin rigole aussi, mais jaune. Moi, je reste tapi dans le salon à faire semblant de dormir. Quand la petite famille descend, je continue de faire le mort.

Pénélope ne sait toujours pas marcher, mais elle est exceptionnellement en avance côté langage. La preuve : elle baragouine mon prénom. Pour un être humain, prononcer un premier mot à sept mois, c'est exceptionnel. Colin et Coline sont bien sûr jaloux qu'elle n'ait pas d'abord dit « Papa » ou « Maman ». Mais que voulez-vous… les enfants savent reconnaître ceux qui les aiment vraiment.
– C'est vrai, ça, Pénélope, tu as raison, c'est bizarre qu'il ne rapplique pas, notre Pépito-poète !
– Je vais voir où il est, le gros.
Gros toi-même.
J'entends les grands pas de Colin se rapprocher de moi. Je ferme très fort les yeux. Le canapé s'enfonce sous son poids. Colin pose sa main sur ma nuque, sans rien dire, et j'ai vaguement le sentiment qu'il

aimerait « m'étrangler. » J'ouvre à demi un œil et le referme aussitôt. Colin retire sa main. Il me scrute un long moment et se met à parler tout seul. « Une blague. Coline m'aura fait une blague, c'est tout. Elle est trop fière pour demander pardon, je la connais. Une bonne blague, oui, c'est ça : sa manière de me dire qu'elle s'en veut de s'être montrée jalouse comme un pou. On n'a jamais vu un chat écrire des poèmes. On n'a jamais vu un chat envoyer d'e-mail. »
Colin se lève du canapé et s'en va. Il ne m'a pas étranglé. Hourra ! Je tends une patte vers la télécommande. La petite famille tarde à partir au boulot ce matin, et si ça continue je vais rater mon documentaire animalier. À cet instant, Colin revient brusquement sur ses pas et plante ses yeux dans les miens.

J'ai tout juste le temps de lâcher la télécommande et de lancer ma deuxième patte en avant pour simuler un énorme étirement.
– T'as dit quoiiiii ? crie Coline depuis la cuisine.
– Rien, rien, lui répond Colin en reprenant sa place à la table du petit déjeuner.

– Dis donc, on est mardi, non ?
– Oui.
– Et alors, Ta Bicoque, elle ne devait pas nous recontacter en milieu de semaine ?
– … Si, répond Colin, embarrassé. Tu… donc, tu n'es donc plus fâchée ?
– Mais non, je ne suis plus fâchée ! Comment résister à un tel poème ! Et puis, on a besoin d'une chambre en plus, ajoute Coline avec un tendre sourire tout en se caressant le ventre.
Colin adresse un clin d'œil à Coline.
– Ma blagueuse préférée !
Coline adresse un regard interrogatif à Colin qui abandonne brusquement sa tasse de café encore fumante.
– Ouh la, on est super en retard !
Coline bondit elle aussi sur ses pieds, s'empare de

Pénélope comme d'un petit paquet. Et dans un tourbillon, la famille quitte la maison.

-20-

– Mon amour ! Ma chérie ! Tu es rentrée ? Berti… *Ma Bicoque* m’a écrit ! Écoute ça !

– C’est super, hein ! s’enthousiasme Colin en embrassant Coline.
– Et un peu bizarre aussi, non ? répond-elle sèchement.
– Comment ça ?
– Ce grand mystère qu’elle fait autour de l’acheteuse : « surprise-je-ne-vous-en-dis-pas-plus ».
– Oh, c’est l’humour Bertille, ça ! À mon avis, on peut lui faire confiance !
– « l’humour-Bertille » ? C’est fou, quand tu parles d’elle, on dirait que tu la connais depuis l’école primaire.
Et le visage de Coline se ferme à nouveau comme une porte de prison.
– Coline, ma chérie, tu ne vas pas recommencer…
– Je te signale que samedi, c’est après-demain, le coupe Coline. On a deux jours pour faire le ménage à fond et tout ranger, c’est-à-dire deux soirées, vu qu’on travaille.
– Mais ça ira, ne t’en fais pas ! Je vais même m’y mettre tout de suite !
Colin se trémousse en agitant le chiffon à poussière sur le visage de Coline qui éternue en riant et se laisse embrasser.

Réunion d'urgence sur le muret. Le plan de Joséphine aurait-il échoué ? Serait-il possible que Bertille ne se soit pas cassé la figure sur une si belle plaque de verglas avec de si hauts talons ?

Entre ses minuscules oreilles, le cerveau de ma chatte adorée carbure. Dans son champ de vision, les embrassades de Colin et Coline la déconcentrent.

– On ne peut pas penser tranquille sur ce muret ! finit par râler Joséphine. Viens, on va dans la rue. Mais pourquoi toujours dans la rue ? Pourquoi on n'irait pas chez monsieur Abellan, plutôt ? Pourquoi toujours ce goût du risque ? On peut aussi

bien rester dans le jardin ! Mais Joséphine s'est déjà faufilée entre les barreaux du portail et m'attend sur le trottoir. Je suis en train de tirer sur la deuxième partie de mon corps lorsque j'aperçois… NON ! SI !
Serpolette ! Avec une jambe dans le plâtre !

– Ça alors ! Mais tout s'explique ! Bertille a dû arriver après Serpolette au travail. C'est donc lui qui s'est pris la plaque de verglas. Si on avait pu prévoir ça !

Monsieur Serpolette manie maladroitement ses béquilles qui font sur le bitume un petit bruit d'aiguilles à tricoter *tictictic tictictic tictictic*. Quand il m'aperçoit, il pousse un hurlement : et accélère

dangereusement tictictic tictictic tictictic. Il semble tellement terrorisé que je me prends à avoir pitié de lui : ça doit être affreusement handicapant d'avoir peur de tous les chats noirs que l'on croise dans la rue. S'il continue à cavaler aussi vite, il va se casser la deuxième jambe. Joséphine et moi le suivons discrètement, mais on dirait que Serpolette a des yeux derrière la tête. L'agence *Ma Bicoque* est en vue. Bertille, alertée par l'appel à l'aide, est sortie en trombe de l'agence, juste à temps pour réceptionner Serpolette dans ses bras. Nous nous embusquons derrière une poubelle pour écouter la conversation.

– Mon pauvre Antoine ! Mais qu'est-ce qui vous arrive ? Et qu'est-ce qui vous prend de foncer comme ça avec vos béquilles ! C'est un coup à vous rompre le cou ! dit-elle en se dégageant de l'étreinte de Serpolette.

– C'est ce chat… là… l'énorme… le tout noir… il était encore à me poursuivre, je…

Et Serpolette fond en larmes sans pouvoir achever sa phrase, s'écroulant à nouveau dans les bras de Bertille qui essaie de trouver quelque chose de réconfortant à lui dire. À défaut, elle lui tapote le dos tout en scrutant la rue : aucun chat.

– Antoine, vous êtes surmené. Il faut vous reposer. Rentrez chez vous. Allez voir votre médecin. Demandez-lui de vous mettre en arrêt complet.

– Même vous, Bertille, vous ne me croyez pas, se lamente Serpolette en reniflant.

Bertille continue de lui parler très doucement.

– Si si Antoine, je vous crois sur parole ! Mais tout ça, c'est ma faute !

– Comment ça ?

– Lundi dernier, j'étais supposée arriver avant vous au travail. Si je n'avais pas eu une panne de réveil, c'est moi qui aurais dû me trouver sur place la première, et… à moi la plaque de verglas !

– Ne dites pas de bêtises, Bertille, l'interrompt Serpolette au bord des larmes. C'est gentil de votre part mais il n'y a pas de hasard dans la vie. Cette plaque de verglas m'était destinée. Depuis que j'ai croisé cet énorme chat noir chez les…

– Chez Colin ? le coupe Bertille soudain toute joyeuse.
– Oui, je ne sais plus son nom, enfin, là, dans la maison à vendre, à cinquante mètres... eh bien, depuis que j'ai croisé cette atroce boule de poils noirs, il ne m'arrive plus que des ennuis.

Atroce boule de poils noirs **toi-même**.

Je comprends que Serpolette soit au bout du rouleau, mais là, ça fait quand même beaucoup pour un seul chat.
– Je rentre, dis-je à Joséphine, la voix brisée, soudain prêt à braver seul tous les dangers de la rue.

Quelle importance si je meurs sur le trajet ? Au moins, je suis certain qu'on dira de moi que j'ai été toute ma vie un chat extrêmement courageux.

À mes côtés, Joséphine trottine.

– Mais attends ! Je rentre avec toi, me dit-elle en me mordillant l'oreille pour me consoler. Tu sais, Pépito, quoi que les gens disent, je trouve que c'est toi le plus beau des chats.

Je m'arrête. Je plonge mes yeux dans ceux de Joséphine.

– C'est vrai, ce mensonge ?

– Oui, me répond Joséphine, les pupilles brillantes d'amour.

-21-

N'empêche que l'heure n'a jamais été aussi grave. Visite prévue après-demain. Bertille en pleine santé, sur ses deux jambes, capable de se servir de sa tête et de ses deux bras pour manipuler son satané dossier jaune et signer des tas de papiers !

Je regarde Joséphine. Mes yeux se remplissent de larmes. Comment allons-nous survivre, séparés l'un de l'autre ?
– Non, Pépito. Interdiction de baisser les pattes. Il y a forcément une solution… mais j'avoue que là, je suis à court d'idées.
Demi-tour sur le muret. À droite toute. Je bondis dans le jardin de Princesse.

L'ouïe encore fine malgré son grand âge, l'ancêtre dresse l'oreille à mon approche et ouvre un œil en

m'apercevant par la fenêtre. Allongée sur un radiateur, elle me fait signe du bout de la queue de rentrer par sa chatière. Euh… j'ai beau avoir énormément maigri, la trappe me semble plus adaptée aux dimensions d'une vieille chatte ratatinée qu'à un chat robuste comme moi.

– Tu ne peux pas m'ouvrir la porte, plutôt ?

Princesse se lève très lentement, dépliant ses pattes une à une comme les parties rouillées d'un vieux jouet, et avance jusqu'à la porte. Elle attrape dans sa gueule une ficelle accrochée à la poignée et recule, toujours à deux à l'heure, jusqu'à ce que le mécanisme de la porte s'ouvre.

– Mon petit Pépito, comme je suis contente de te voir ! Tu as bonne mine ! Et le poil tout soyeux ! Qu'est-ce qui t'amène ? demande-t-elle d'une voix chevrotante.

J'aime bien quand Princesse m'appelle « mon petit Pépito ». C'est la seule au monde.
– Mais viens, viens donc, ferme la porte, il fait un froid à ne pas poser le coussinet dehors ! Allonge-toi près de moi sur le radiateur, tu vas voir, c'est le paradis ici ! Mes maîtres ont 95 et 97 ans : en âge humain, c'est à peu près l'équivalent de mes dix-sept ans. Du coup, ils chauffent dix fois plus que les autres gens. Je vis donc dans un cocon tropical ! Et toi ? Quelles sont les nouvelles ? me demande-t-elle avec un grand sourire.
J'en déduis qu'elle a complètement oublié la situation dramatique que je suis venue lui confier l'autre jour.
– Justement, Princesse, ça ne va pas fort. Tu te souviens que mes maîtres veulent déménager ?

Ce à quoi je comprends que la tête de Princesse rime plus avec passoire qu'avec mémoire.

– Oui, et c’est pour ça que je viens de nouveau te voir. C’est la catastrophe !

– Joséphine et moi avons tout essayé.

Je ne suis pas bien certain que Princesse, avec ses « Ah bon ? », suive tout ce que je lui raconte, mais je continue.

– D’abord, ça a très bien marché : on a éliminé sans souci le premier agent immobilier. Mais sa remplaçante est beaucoup plus coriace.

– Et elle est douée ! Non contente d'avoir évité la plaque de verglas qui lui était destinée, elle vient de programmer une visite pour samedi. L'acheteuse a un très bon dossier. Cette fois, on est cuits !
– Cuits ?
– **CUITS** !
– Hmmmm, je vois mon petit Pépito. Mais, cette visite, peut-être que tu pourrais… l'annuler ?
Un peu rassuré de constater qu'en fait, si, Princesse écoute ce que je lui dis, l'espoir me revient doucement :
– Mais comment faire, Princesse ?
– L'autre jour à la télé, dans une série, j'ai vu un jeune de ton âge qui sauvait le monde en pianotant sur un ordinateur. Tu ne sais pas faire ça ?
Je regarde Princesse, désespéré. Bien sûr, que je sais envoyer un e-mail ! Mais Bertille n'est pas complètement stupide. Si elle reçoit un message pareil, elle téléphonera à Colin pour lui demander le pourquoi du comment de ce changement d'avis si soudain. Et alors, Colin, qui l'autre jour me soupçonnait déjà un peu, risque cette fois de me démasquer complètement ! Et alors, je serai bon pour la SPA !

– Hmmmm, je comprends, reprend Princesse. Laisse-moi réfléchir.

Confiance, confiance, confiance, il faut avoir confiance. Princesse va forcément me sortir du pétrin. Elle se tait, prend une grande inspiration puis elle ferme les yeux. Sur son visage se lit la concentration des gens supérieurement intelligents. Elle reste comme ça longtemps, très longtemps.

Moi, j'attends en silence, sans oser ébaucher un mouvement de peur de la perturber. Hypnotisé par son calme et par la régularité de sa respiration, je guette le moindre tressaillement de moustaches de Princesse qui…

-22-

– QUI S'EST ENDORMIE !
– Endormie ???
– Endormie. Elle ne s'est même pas réveillée quand ses maîtres ont émergé de leur sieste et qu'ils m'ont chassé à grands cris.
– Honteux ! Tu parles d'une grande sage ! Mais alors, qu'est-ce qu'on fait maintenant, Pépito ?
– On fait… on fait face ! dis-je sans avoir la moindre idée de la suite.
Joséphine me regarde, étonnée. C'est le monde à l'envers : elle qui baisse les pattes, moi qui positive.
– Tu peux préciser ?

– Eh bien… On n’a qu’à… On n’a qu’à… Euh… Laisse-moi la nuit pour réfléchir !

Dans mon panier, impossible de fermer l’œil.

J’imagine tous les scénarios possibles, et surtout leur échec. Je me tourne et me retourne sans parvenir à trouver le repos. Avec tout ça, depuis combien de temps n’ai-je pas regardé de documentaire animalier ? Depuis combien de temps n’ai-je plus mangé de chips ? Je n’ai même plus la tête à ça ! Joséphine est à court d’idées. Princesse perd la boule. Et moi, j’ai beau chercher, rien ne me vient. Enfin, le sommeil me tombe dessus, ou plutôt c’est moi qui tombe dedans.

DRIIIIIIIIIIING ! DRIIIIIIIIIING ! DRIIIIIIIIIING !

Argh ! Cette sonnette ! Je sors péniblement de mon panier. Je n'ai dormi que douze heures et j'ai des courbatures partout.

DRiiiiiiiiNG ! DRiiiiiiiiiiiNG !
DRIIIIIIIIING !

Quoi encore ? Ces dernières semaines, chaque fois que quelqu'un a sonné à cette porte, ça n'a jamais été que pour faire rentrer une mauvaise nouvelle. Coline descend ouvrir et manque de marcher sur ma queue. À bien la regarder, je me dis qu'il suffirait qu'elle ne change rien à son look de ce matin pour faire fuir le plus motivé des acheteurs. Sa coiffure a tout du volcan en éruption. Sa figure ressemble à une chemise restée six mois en boule au fond d'un placard. Et son pyjama… je ne peux même pas le décrire.

– WARF ! WARF ! WARF !

Je fais un bond de trois mètres en arrière et cours me réfugier dans le premier carton. UN CHIEN.

Et pas n'importe lequel ! Le fou furieux à manteau rouge ! Le chef ultra dangereux du gang de chiens dangereux ! Quand je dis que cette porte ne s'ouvre que sur des mauvaises nouvelles…

– Bonjour Coline, je suis absolument désolée de vous déranger de si bon matin…

– C'est quiiiiii ? hurle Colin depuis la salle de bains.
– La voisiiiiine ! lui répond Coline sur le même ton en tendant la main vers le minuscule espace entre les deux oreilles du sac à puces :
– Ça va mon gros pépère ?

Ai-je bien entendu ? SON gros pépère ? À ces mots, une déferlante de tristesse m'écrabouille. Ainsi, il aura suffi qu'un vulgaire chien passe la porte pour que je ne sois plus l'unique « gros » de cette maison. J'ai le cœur si lourd que je ne ressens plus aucune peur à l'égard du molosse – lequel est de toute façon tenu en laisse. Je sors donc tranquillement de mon carton pour le narguer.
– WARF ! WARF ! WARF ! refait l'autre en me voyant.

– Hé ho, on se calme, je lui miaule, à distance respectable de sa gueule, caché derrière les mollets de Coline.

Pendant ce temps, la voisine, très agitée, parle à toute vitesse.

– … ma mère… hôpital… urgence… pas le choix… Désolée… Rex… jusqu'à demain soir !

Avant que j'aie pu dire ouf, Coline se retrouve la laisse à la main, le monstre au bout, un claquement de porte en guise d'au revoir.

-23-

Réunion d'urgence au sommet du muret.

– Un chien. Comme si on n'avait pas déjà assez de soucis.

– Il est comment ? demande Joséphine.

Sa question me laisse sans voix.

– Comment veux-tu qu'il soit ?! GRAND-**GROS** moche-BRUYANT-baveux-**DANGEREUX**. Un chien quoi !

– Ah. Pourtant, monsieur Abellan regarde souvent des vidéos sur YouTube en faisant son sport, et il y en a plein où on voit des chats et des chiens qui s'entendent super bien, qui se font des câlins, et…

– Des câlins ? Moi ? Avec ce gros truc dégoûtant à dents de requin ? Je te signale que Colin et Coline l'ont carrément enfermé à clé au grenier, c'est dire s'il doit être doué en câlins !
– Je ne te dis pas de lui faire des câlins, je te dis qu'une relation cordiale entre chats et chiens doit pouvoir exister, puisqu'on voit ça sur Internet. Et puis, ils l'ont sans doute mis au grenier par simple précaution, à cause du bébé.
La naïveté de Joséphine me désole. Comme s'il suffisait que quelque chose soit sur le Web pour que ce soit vrai. Je m'apprête à l'alerter sur les dangers d'Internet lorsqu'une idée de génie me passe par la tête. Après tout… sans parler de grands sentiments… peut-être le molosse pourrait-il nous aider.

Avec les bons arguments, on doit pouvoir convaincre n'importe quel chien de faire n'importe quoi ! Je fais part de mon embryon de plan à Joséphine. Elle me saute aussitôt au cou.

En toute modestie, c'est vrai.
Pourtant, je regrette instantanément mon idée. En effet, je maintiens que si Colin et Coline ont enfermé le chien au grenier, surtout à clé, c'est qu'il y a une bonne raison. Or, cette raison, je la connais : 80 kilos de muscles, un mètre au jarret, des crocs de 5 centimètres… Mais au risque de passer aux yeux de Joséphine pour le chat le plus lâche du quartier, impossible de me dégonfler.

Une patte après l'autre sur le chemin du grenier, je sens mon rythme cardiaque s'accélérer, puis s'emballer, mes pattes trembler, ma gorge s'assécher… À peine arrivons-nous devant la porte que le chien grogne, aboie et griffe comme un forcené.

Mais le stress m'empêche de terminer ma phrase.
– … si tu n'étais pas trop mal installé ! Si tu n'avais pas besoin de quelque chose ! termine Joséphine.
– WARF ! WARF ! WARF ! WARF ! WARF !
Nous nous regardons, dépités. Le chien refuse toute communication. Il est pourtant notre dernière chance. Alors, je prends mon courage à deux pattes et me lance dans une explication claire, nette, précise :
– Écoute, le chien, warf, warf, toujours WARF, on ne va jamais s'en sortir si tu restes bloqué là-dessus. Je te rappelle que ta maîtresse a eu une urgence et que tu es obligé d'être ici jusqu'à demain soir. Autrement dit, il va falloir cohabiter. Ne crois-tu pas que ce serait plus sympa pour tout le monde si tu arrêtais d'aboyer dès qu'on essaie d'entamer une discussion ?
Étrangement, le chien se tait et semble ne plus vouloir détruire la porte. Si les miracles existent, il se peut même qu'il soit en train de m'écouter, voire… de réfléchir.
– Et vous me donnez quoi en échange ? demande-t-il à brûle-pourpoint de sa grosse voix sourde.
Sa question ne m'étonne pas. Je lève les yeux au

ciel en regardant Joséphine. Je le savais. On n'en tirera rien. Les chiens sont les animaux les plus intéressés qui existent. Ils se fichent complètement d'établir une relation. En désespoir de cause, je lui réponds donc la seule chose qu'il puisse comprendre : le langage de l'estomac.

Le chien laisse entendre un ricanement plein de mépris :

– Ma maîtresse a laissé à la tienne un sac de 30 kilos de Royal Canin au bœuf.

Du tac au tac, j'enchaîne sur une autre offre :

– Alors, je te laisserai dormir cette nuit dans mon panier !

Là, on entend le chien se rouler par terre sur le plancher, plié de rire.

– Vous êtes des comiques, vous les chats ! Je dois faire à peu près dix fois ta taille !

Pas faux. Alors, à court d'idées et n'ayant plus rien à perdre, je joue la carte de l'honnêteté :

– OK, on n'a rien à te donner qui pourrait te plaire. Tu es un chien, on est des chats. On n'a rien en commun. Mais on a un gros souci qui pourrait peut-être t'émouvoir un peu… et un truc formidable à te proposer.

– Mémou quoi ?

– Te toucher !
– Hmmm… et c'est quoi votre souci ?
Étrange : j'aurais cru que le chien voudrait d'abord connaître la monnaie d'échange. Lueur d'espoir à l'horizon.
– Mes maîtres veulent déménager, et nous, on ne veut pas.
– OK. Et c'est quoi le truc formidable que vous avez à me proposer ? Parce que jusqu'ici…
Ah, tout de même.
– On va te donner l'opportunité de te rendre… UTILE !
– Quoi ? bougonne le chien.
– U-tile ! Être utile ! Rendre un service. Aider quelqu'un quoi !
– Et pourquoi est-ce que je vous aiderais ?
– Parce que ça va te faire du BIEN ! Tu vas te sentir super FIER de toi, après !
– Je suis déjà très fier de moi.
J'avais oublié à quel point les chiens sont prétentieux. Mais comme il ne s'est pas remis à aboyer, je poursuis.
– D'accord, mais là, tu vas te sentir encore plus fier de toi ! Fier puissance dix mille ! Et puis,

comme tu vas habiter un peu ici, tu vas t'attacher à moi, et si tu ne m'aides pas, une fois que j'aurai déménagé et qu'à cause de ça ma vie sera brisée, tu vas t'en vouloir JUSQU'À LA FIN DE TES JOURS.

Silence. Le chien serait-il en train de penser ?! Voire de ressentir quelque chose ?!

– C'est vraiment nul, votre truc, soupire le chien, tandis que Joséphine me lance un regard noir.

Pour essayer de convaincre la brute, je me lance dans une vaste explication en grossissant un tout petit peu les choses. Je lui raconte que s'il ne nous aide pas, on va me livrer à un trafiquant d'organes de chats qui va faire des cordes de guitare avec mes boyaux vu qu'il n'y aura plus de place pour moi dans le nouvel appartement.

J'invente aussi que Pénélope va être donnée à des inconnus parce qu'elle non plus n'aura pas de chambre dans le nouvel appartement.
Silence.
Le chien respire bruyamment derrière la porte.
Il a dû s'endormir.
À moins que…
Non ?
Si !

– Il pleure ?! murmure Joséphine, ébahie.
– Pas possible…
À travers la cloison, on entend le molosse renifler un grand coup. Puis, entre deux sanglots, il nous déballe sa vie : lui-même est issu d'une grande portée – dix chiots. Il ne s'est jamais remis de la séparation d'avec ses frères et sœurs et ses parents, et blablabla. On l'écoute mais c'est long. Au moment où je commence à m'endormir, un crincrin métallique me tire de ma torpeur. Le chien est en train de crocheter la serrure ! Deux secondes plus tard, la porte s'ouvre sur un gros nounours aux yeux aussi rouges que son manteau :

On se serre la patte. Il nous invite à pénétrer dans le grenier.

– Faites attention où vous mettez vos pattes, le plancher est tout pourri, particulièrement à cet endroit, dit le chien en contournant l'ovale sombre qui s'est encore agrandi depuis la dernière fois que je suis venu ici.

– Un rien suffirait à passer à travers, ajoute-t-il, perspicace.

-24-

– Bon, dites-moi précisément comment je peux vous aider.

– Tout simplement en effrayant la dame qui va venir demain visiter la maison, dit Joséphine.

Le chien a l'air un peu vexé.

Voilà qui part bien. Mais Joséphine rattrape le coup avec élégance :
– Je ne voulais pas te vexer, Rex. Mais personne n'aime les chiens méchants, tu vois. Donc, il faudrait que tu fasses le chien très, très, très méchant, ajoute-t-elle.
– Par exemple, tu pourrais lui sauter dessus, la mordre, la réduire en…
– Pépito ! Pas de violence ! Le but est de terroriser la visiteuse, pas de la mettre en pièces. Tu imagines les soucis que Colin et Coline pourraient ensuite avoir à cause de nous ? Je vois d'ici la une des journaux :

Non, tout ce qu'on veut, nous, c'est faire de l'intimidation ! Rex, bien reçu ?
– Cinq sur cinq, répond le chien. Et ensuite ?
– Ensuite, bah, rien ! La visiteuse s'en va et bon débarras !
Le chien nous regarde tour à tour et rétorque d'un ton sarcastique :
– Vous êtes mignons, vous les chats !
Sous ses dehors gentils, la phrase est pleine de sous-entendus.
– Réfléchissez deux secondes. OK, j'effraie la visiteuse. Et puis après ? Moi, je rentre chez ma maîtresse, tandis que vous, vous allez voir défiler des tas d'autres visiteurs. Et dans le lot, il y en aura forcément un qui va finir par acheter la maison !

Je n'en reviens pas. Là, face à moi, un chien, je dis bien un CHIEN, est en train de… raisonner. Et le pire, c'est que sa réflexion tient debout. Joséphine, abattue, ne sait que répondre. Tout aussi déprimé, je baisse les yeux et mon regard tombe sur la zone humide du plancher, de plus en plus élargie. On dirait une image de notre futur : SOMBRE ET POURRI.
– Cette fois, nous sommes fichus.

Si Joséphine le dit, elle qui jamais ne baisse les pattes, c'est qu'il n'y a vraiment plus rien à faire. On a déjà essayé tellement de choses. Je cherche ses yeux mais ma fière Joséphine détourne le regard. Toutes les croquettes du monde plutôt que de me laisser la voir pleurer. De mon côté, je garde pour moi ce que je pense, au risque de fondre en larmes. Tu vas tellement me manquer, ma Joséphine d'amour. Nous quittons le grenier les yeux embués, elle en tête, moi derrière. Rex lui-même semble soudain désolé, voire triste, de ne rien pouvoir faire pour nous. Il nous tient la porte et crochète à nouveau la serrure derrière nous.

Pendant ce temps, Coline et Colin se réjouissent dans la plus grande indifférence.

-25-

Après une nuit blanche à récurer la maison dans le moindre recoin, ils ont l'air aussi épuisés l'un que l'autre, mais satisfaits : autour d'eux, ça n'a jamais été aussi rutilant et rangé. Une vraie maison de catalogue.

– Je suis sûr que ça va marcher, mon amour ! se félicite Colin en embrassant Coline.
Et il n'y a pas que la maison, qui brille. Eux aussi ont l'air tout droit sortis d'un magazine : lavés, coiffés, parfumés, ils se sont mis sur leur trente-et-un. Les stars de cinéma peuvent aller se rhabiller. Ils ont même enfilé à Pénélope sa plus belle grenouillère et ses chaussons les plus chics. On dirait que toute la

petite famille est à vendre avec la maison. Moi, on m'aurait volontiers brossé si je ne m'étais pas carapaté pour me cacher sous le canapé.
– Mais au fait, Rex ?! s'affole soudain Coline.
– Mince, je l'ai complètement oublié celui-là ! Je ne lui ai rien donné ni à boire ni à manger depuis son arrivée !
Colin se précipite dans l'escalier.

DRIIIIIIIIIIIIING ! DRIIIIIIIIIIIING !

– Ouvre, ma chérie ! Je redescends tout de suite !

Coline se compose un grand sourire, ouvre la porte et d'une voix haut perchée accueille Bertille d'un tonitruant :

– Madame *Ma Bicoque* ! Comment allez-vous ? Rentrez, je vous en prie ! Mais… vous êtes toute seule ? La fameuse visiteuse-surprise-au-dossier-très-sérieux n'est pas avec vous ?

– Si si ! répond Bertille, un sourire rouge vif plaqué sur sa figure.

Coline sort sur le perron : regard à droite, regard à gauche, personne en vue. Dans son dos, Bertille sourit toujours autant. Coline referme la porte sans comprendre.

– Elle est là ! s'esclaffe Bertille en se tapotant le sternum. En personne !

Coline fronce les sourcils.

– Dois-je comprendre que… que vous… que c'est vous qui…

– C'est ça ! Exactement ! C'est moi qui !

– Mais…

– Ça vous laisse comme deux ronds de flan, hein !

Bertille éclate de rire en posant sur l'épaule de Coline une main familière. Électrifiée par ce contact, Coline grimace et se dégage d'un habile déhanché. C'est alors que…

CRAAAAAC !

HAAAAAAAA !!

WAAAAAAAARF !!!

Coline, serrant Pénélope effrayée dans ses bras, Bertille sur ses talons, se précipite au premier étage pour découvrir, empilés cul par-dessus tête, Colin et Rex, la moitié du plancher du grenier sur le crâne.

– Mon amour ! hurle Coline. Ça va ? Tu ne t'es pas fait mal ? Mais qu'est-ce qui s'est passé ? Ne me dis pas que c'est le plancher qui…

– Si.

Colin, sonné mais en un seul morceau, se relève péniblement tandis que Rex, hurlant à la mort, une oreille cassée, la queue en tire-bouchon, se dresse sur ses pattes, plus immense que jamais, et bondit.

Tous crocs dehors, il aboie sur Bertille tout en s'ébrouant et simule la plus terrible des attaques aux mollets.

Bertille, couverte de sciure, hurle en dévalant l'escalier comme elle peut, manque de se fouler une cheville à chaque marche.

Rex la pourchasse. Ses griffes font sur le plancher des bruits de claquette. Autour de la table du salon, la course-poursuite devient digne des plus grands films d'action.

Et c’est dans un cri terrifiant que Bertille se précipite dehors, claquant la porte derrière elle, hurlant aux malades mentaux, aux dangers publics et à la maison toute pourrie.

-26-

Sur le muret, Joséphine me fait des mamours comme jamais, frottant sa petite tête ronde contre la mienne, me ronronnant dans le creux de l'oreille.

– Mon Pépito, mais quel génie tu fais ! Tu avais tout calculé ! Ah, ça, on peut dire que tu m'as bien menée en bateau ! J'y ai cru, tu sais, à ton désespoir l'autre jour ! J'ai vraiment pensé qu'on allait être définitivement séparés !

Dans la vie, il faut savoir ne pas toujours rectifier la vérité.

Joséphine continue :
– Un plancher écroulé, le chien qui passe à travers en même temps que le propriétaire, et tout ce petit monde qui manque de s'écraser sur la tête de l'acheteuse potentielle ! J'aurais tellement voulu voir ça ! C'est fort ! Très fort ! Je n'aurais jamais pensé que tout pourrait se terminer si bien ! Et, cerise sur le gâteau, Colin est enfin obligé de s'attaquer au plancher. Plus question de vente, et la chambre de bébé 2 est toute trouvée ! Ah, mon Pépito ! Tu avais vraiment pensé à tout !

Je frissonne des moustaches à la queue : jamais Joséphine n'a été aussi amoureuse de moi !
– Et puis, tu vois, ils n'ont pas l'air au bord du divorce, ajoute Joséphine en pointant de la truffe Colin et Coline dans la cuisine, main dans la main et souriants par-dessus Pénélope en train d'écarteler sa poupée dans son transat. Un beau soleil d'hiver leur caresse à tous trois le visage. On croirait une publicité. Je détourne pudiquement le regard lorsque leurs deux bouches se rapprochent.

Une série de gros aboiements nous fait alors tourner la tête. C'est Rex. Et sa maîtresse qui le tire, furibarde, dans un grand claquement de porte.

Lequel chien, à demi-étranglé, se dévisse le cou pour nous adresser un déchirant hurlement d'au revoir. C'est fou, mais… il va presque me manquer.

FIN

Impression réalisée par
La Tipografica Varese Srl, Varese
en septembre 2021

Imprimé en Italie